W02287411

arc-en-ciel

cascade

Collection dirigée par Caroline Westberg

ISBN 2-7002-2905-3
ISSN 1142-8252

© RAGEOT-ÉDITEUR – Paris, 2004.
Tous droits de reproduction, de traduction et d'adaptation réservés pour tous pays. Loi n°49-956 du 16-07-1949 sur les publications destinées à la jeunesse.

Demain je serai africain

Texte de Marc Cantin
Illustrations de Zaü

RAGEOT • ÉDITEUR

– Tu sais, p'pa, quand je serai grand, je serai africain.

Papa entre dans ma chambre, étouffe un bâillement et soupire :

– Mais oui… bonne idée, Simon. Tu seras africain, ta mère sera japonaise et moi mexicain. Et maintenant, au dodo.

Je regarde papa en plissant les yeux et en tordant la bouche.

– Tu penses peut-être me faire peur, se moque-t-il. Allez, file sous ta couette, il est l'heure.

Je saute dans mon lit et je dis :

– Mais c'est vrai ! Quand je serai grand, je serai **africain !**

Il s’assoit à côté de moi et sourit.

– Plus tard, tu pourras voyager au **Cameroun,** au **Congo** ou au **Kenya,** mais tu ne pourras pas devenir **africain,** Simon. C’est impossible.

– Bien sûr que si, je lui réponds. C’est même mon copain Fofana qui me l’a dit !

Cette fois, papa éclate de rire :

– Ha ! ha ! Vous avez vraiment de drôles d'idées Fofana et toi ! Alors comme ça, un beau matin, tu vas te transformer en Africain ? Quelle surprise ce sera ! J'imagine déjà la tête de ta mère ! Ha ! ha !

Je croise les bras. Papa peut bien rigoler. Moi je m'en fiche.

Quand je serai grand, j'aurai la peau toute noire et je serai africain comme Fofana.

C'est comme ça.

Papa redevient sérieux, comme pour se faire pardonner de s'être moqué de moi.

– Moi, ce que j'aimerais savoir, c'est ce que tu feras quand tu seras **africain**...

Le problème avec papa, c'est qu'il n'est jamais au courant de rien. Il faut toujours tout lui expliquer.

Heureusement que je suis là !

Je remonte ma couette jusqu'au menton, je le regarde dans les yeux et je lui raconte :

– Avec Fofana, quand on sera grands, on achètera des valises, on prendra l'avion et on partira en Afrique. Mais pour toujours ! Pas juste pour les vacances. Pour-toute-la-vie !

Et comme on sera très pressés d'arriver, quand l'avion passera au-dessus de l'Afrique, on sautera en parachute. Alors, le vent nous emportera au-dessus des montagnes, des forêts et des plaines. Et on atterrira dans un village au bord de

l'eau.

C'est là que le grand-père de Fofana habite. Il déteste les grandes villes et dit que son village est le plus beau du monde !

Moi, je le crois.

C'est là qu'on construira notre maison. Elle sera ronde, toute ronde, avec une porte et un toit en bois. Mais on y dormira seulement car le reste du temps on sera dehors. Tu vois, on a déjà tout prévu.

Le matin, pour se réveiller, on se baignera avec les hippopotames. Tu sais, ils aiment bien s'amuser avec les enfants. On grimpera sur leur dos et on tirera la langue aux méchants crocodiles.

Les crocodiles seront verts de rage et claqueront des dents. Mais ils n'oseront pas s'approcher, ces peureux !

Ensuite, on aura faim ! Au petit déjeuner, il y aura des galettes de mil qu'on trempera dans du lait de coco au cacao. Et des oranges pressées qu'on boira sans se presser. Mmm, ce sera trop bon !

Comme on sera grands, on n'ira pas à l'école... On sera grands mais pas trop quand même. Alors on pourra jouer toute la journée. Jouer, ce sera un peu notre travail !

Donc, pour commencer, avec Fofana, on s'amusera à cache-cache dans les hautes herbes ; elles nous chatouilleront le nez et on rigolera bien.

Rigoler, c'est sérieux ! Ce sera aussi notre métier.

Après, on montera sur le dos des zèbres sauvages et puis on sautera au-dessus des lions endormis au soleil. Quand ces gros fainéants se réveilleront, on sera déjà loin, très loin, à galoper dans la savane !

Ils ne pourront jamais nous rattraper.

Pendant que la bande de zèbres se désaltérera près de la rivière, nous, on escaladera les montagnes. Des montagnes plus hautes que les nuages. On montera au sommet pour toucher les neiges qui ne fondent jamais.

Là-haut, tout sera encore plus beau.

Et quand on en aura assez, zouuu ! on se laissera glisser, glisser sur les pentes de ces montagnes-toboggans.

Ouaaaaaaah ! Quelle descente !

Arrivés en bas, on roulera dans les hautes herbes et on se frottera les fesses en se relevant.

Le soleil sera déjà haut dans le ciel. On aura peut-être trop chaud. Alors on s'abritera à l'ombre des arbres de la forêt. On rendra visite aux gorilles et aux chimpanzés. Ils nous apprendront dix mille acrobaties et on gagnera le grand concours de grimaces organisé chaque après-midi. Parce qu'en grimaces, on est quand même plus forts qu'eux !

Au goûter,
on boira encore des oranges pressées sans se presser. Et on mangera des mangues et des bananes.

On retournera peut-être se baigner. Chatouiller le ventre des hippopotames. Faire des pieds de nez aux crocodiles agacés.

Puis le soir viendra…

Les cousins de Fofana sortiront leurs tam-tam. Chaque coup fera descendre le soleil un peu plus bas.

Le grand-père de Fofana nous racontera des histoires. Des histoires de magie, d'animaux qui parlent et d'arbres qui bâillent. Des histoires avant de monter dans le grand baobab où nous nous endormirons, bercés par les chants des éléphants.

Et ce sera la nuit…

– Comme ça ? me demande papa en éteignant la lumière.

Il ne reste que la veilleuse dans un coin de ma chambre.

– Comme ça, je répète. Et la nuit, Fofana et moi, on est de la même couleur. Même toi, p'pa, tu ressembles un peu au papa de Fofana.

Papa me regarde sans rien dire.

Dans la pénombre, je ne vois que ses yeux ronds et ses dents blanches.

– Maintenant tu le crois que, quand je serai grand, je serai africain ?

– C'est une très belle histoire, Simon, mais je ne sais pas si le village du grand-père de Fofana ressemble à celui que tu viens de décrire.

– Pourquoi ? Tu y es déjà allé ?

– Non… C'est vrai, avoue papa avec une pointe de regret. Bon, il faut dormir, maintenant. Sinon, demain, tu seras fatigué… et tu ne pourras pas jouer avec Fofana à l'école.

Je ferme les yeux. Si c'est pour jouer avec Fofana, alors d'accord pour dormir.

– Bonne nuit mon grand, chuchote papa en me couvrant de bisous.

Il me frotte la tête et sort de ma chambre en murmurant :

– Quelle imagination, fiston ! Sacré Simon !

Je remets un peu d'ordre dans mes cheveux.

Papa n'a encore rien remarqué : ils commencent à boucler. Bientôt, ils seront noirs et frisés comme ceux de Fofana.

Papa peut bien trouver ça drôle. Moi, j'en suis sûr… Quand je serai grand, je serai **africain !**

Achevé d'imprimer en France en février 2004 par I. M. E.
Dépôt légal : février 2004
N° d'édition : 3978
N° d'impression : 16996